Los Osos Berenstain
y las
PELEAS ENTRE AMIGOS

Cuando se hacen nuevos amigos

el cachorro más listo

es el que pronto

aprende a ser más paciente.

A FIRST TIME BOOK®

AMIGOS

Random House 🏠 New York

Traducción de Rita Guibert

Library of Congress Cataloging-in-Publication Data: Berenstain, Stan. [Berenstain bears and the trouble with friends. Spanish] Los osos Berenstain y las peleas entre amigos / Stan Jan Berenstain; traducción de Rita Guibert.   p. cm. — (First time books) Translation of: Berenstain bears and the trouble with friends. SUMMARY: Lonely without friends her age to play with, Sister Bear is delighted when a new little girl cub moves into the house down the road. [1. Play—Fiction. 2. Friendship—Fiction. 3. Spanish language materials.] I. Berenstain, Jan. II. Title. III. Series: Berenstain, Stan. First time books. PZ73.B3938 1993 [E]dc20 92-14807 ISBN 0-679-84006-0 (pbk.)

Manufactured in the United States of America   10 9 8 7 6 5 4 3

La Hermana Osa y el Hermano Oso, que vivían con su mamá y su papá en la gran casa de árbol en el País de los Osos, no sólo eran hermanos, sino que también eran compañeros de juego y se llevaban bastante bien...casi siempre.

Pero el hermano era casi dos años mayor que la hermana y a veces no estaba muy interesado en los juegos que ella quería jugar. Especialmente cuando la hermana se volvía un poco mandona…como a veces ocurría.

—Ahora —dijo ella un día mientras salía cargada de muñecas y animales de trapo—, vamos a jugar a tomar el té. Tú te sientas allí y serás el papá, y yo me siento aquí y seré la mamá.

—¡Caramba, hermana! —dijo Hermano Oso—. Ya soy grande para ese juego. Si el primo Freddy o uno de los muchachos me ven, seré el hazmerreír. ¿Por qué no buscas a alguien de tu edad para jugar a tomar el té?

—Además, tengo una cita con
Freddy para andar en patineta.

Y se largó zumbando, dejando
a su hermana sola y triste.

—¡Será muy divertido para ti!
—le gritó ella—. ¿Y yo qué
hago?

—¡Hay, Díos mío! —dijo Mamá Osa—.
Ahí se va otra vez Hermano Oso a jugar con
Freddy. Quisiera que su hermana tuviera
alguien de su edad con quien jugar.
　—¿Qué pasa con sus
amigas de la escuela?
—preguntó Papá Oso,
mirando con ella por la
ventana.

—Todas viven muy lejos —suspiró la mamá mientras miraba cómo la Hermana Osa, solita agarraba su cuerda y se ponía a saltar.

—Ella tiene sus amigos del bosque, las ranas y las mariposas, con quien jugar —dijo el papá.

—Las ranas y las mariposas están muy bien —dijo Mamá Osa—. Pero no es lo mismo que tener un cachorro amigo de su misma edad.

Fue en ese momento que
Mamá Oso vio con el rabillo del
ojo un camión de mudanzas.

—¡Mira! —dijo—. Una
familia nueva se está
mudando a la casa de
árbol vacía que está en
el camino. La verdad es
que sería muy bueno si
tuvieran un cachorro de
la edad de Hermana Osa.

Hermana Osa también vio el camión...
y el automóvil que venía detrás.
—¡Alguien se está mudando a la
casa de árbol vacía! —exclamó ella.
Quisiera saber si tienen cachorros.
Y se fue saltando por el camino
para investigar.

El camión se paró frente a la casa vacía y los osos de la mudanza comenzaron a descargar. El automóvil se paró detrás del camión y se bajó la nueva familia: la mamá, el papá y una cachorrita casi de la edad de Hermana Osa.

¡Hermana Osa casi no podía creer su buena suerte! Era justo lo que necesitaba: una cachorrita con quien saltar a la cuerda, jugar a tomar el té, a las casitas y a la escuela…y tener todas las otras diversiones de un cachorro. No veía la hora de poder ir a saludarla.

—¡Hola! Yo soy Hermana Osa. Tengo
seis años y vivo justo ahí en el camino.
—¡Hola! —dijo la nueva cachorra—.
Yo soy Lizzy Bruin y estos son mi
mamá y mi papá. Yo también tengo seis
años. ¿Puedo probar tu cuerda de
saltar? ¡Salto muy bien y muy rápido!

¡Y cómo saltaba! Lizzy
Bruin era la saltadora
de cuerda más rápida
que Hermana Osa
había visto.

—Yo puedo saltar hasta mil —dijo Hermana Osa.

—Yo puedo mil uno —dijo Lizzy.

—Mil dos —dijo bruscamente Hermana Osa.

—Mil tres —dijo Lizzy.

—¡Bueno, eso ya lo veremos! Saltemos acá y ahora mismo! —dijo Hermana Osa.

—¡Mejor lo damos por hecho! —dijo Lizzy—. ¡Oye! ¿No es ese un parque de recreo?

Y salió corriendo, mientras Hermana Osa hacía todo lo posible para alcanzarla.

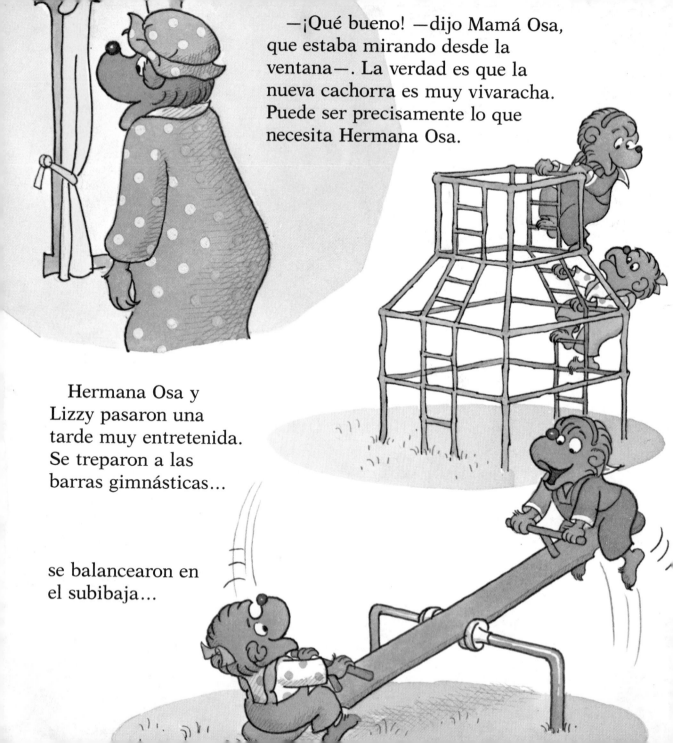

—¡Qué bueno! —dijo Mamá Osa, que estaba mirando desde la ventana—. La verdad es que la nueva cachorra es muy vivaracha. Puede ser precisamente lo que necesita Hermana Osa.

Hermana Osa y Lizzy pasaron una tarde muy entretenida. Se treparon a las barras gimnásticas...

se balancearon en el subibaja...

y se empujaron una a otra en el columpio.

Jugaron a la pega...

rieron y bromearon...

rodaron por la hierba...

y recogieron flores silvestres para sus mamás.

—¡Vaya! ¡Gracias Hermana Osa! —dijo Mamá Osa poniendo sus flores silvestres en agua—. Y bueno, ¿cómo es tu nueva amiga?

—Se llama Lizzy, tiene seis años, es cachorra única... —y agregó Hermana Osa— es un poco mandona.

—¡Oh! —dijo Mamá Osa—. Pero, la verdad es que parecía que se estaban divirtiendo mucho.

—¡Oh, sí! —dijo Hermana Osa—. ¡Me divertí mucho! Pero es un poco mandona... y un poco fanfarrona.

A la mañana siguiente, bien
temprano, sonó el teléfono.
Era Lizzy, la nueva amiga de
Hermana Osa.

—¿Quieres venir acá y jugar a la escuela? —preguntó Lizzy.

—Bueno —dijo Hermana Osa.

—Trae algunos de tus muñecos y animales de trapo, porque los míos están todavía sin desempacar —agregó Lizzy.

Hermana Osa juntó algunos de sus muñecos y animales de trapo favoritos y se dirigió a la casa de su nueva amiga.

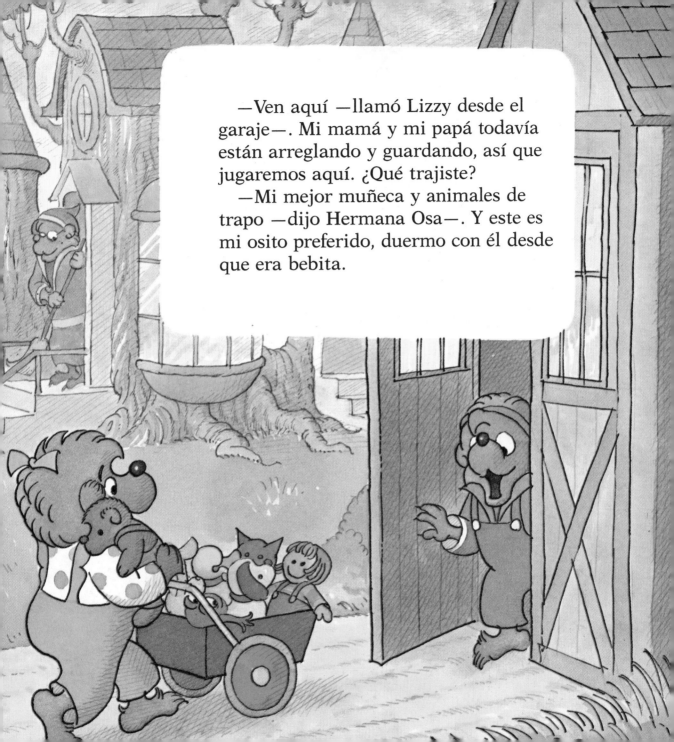

—Ven aquí —llamó Lizzy desde el garaje—. Mi mamá y mi papá todavía están arreglando y guardando, así que jugaremos aquí. ¿Qué trajiste?

—Mi mejor muñeca y animales de trapo —dijo Hermana Osa—. Y este es mi osito preferido, duermo con él desde que era bebita.

Lizzy había arreglado el garaje como el aula de una escuela. Había cajones para que se sentaran los alumnos, y otro cajón como escritorio para la maestra. Hasta había un pizarrón y tiza para escribir las lecciones.

—Esto será divertido —pensó Hermana Osa mientras comenzaba a sentar sus juguetes en los cajones. Fue entonces cuando escuchó unos golpecitos. Era Lizzy que estaba golpeando sobre el escritorio. Tenía en una mano una especie de puntero y en la otra un pedazo de tiza.

—Por favor, siéntese Hermana Osa. Es hora de clase. Hoy voy a enseñarle el alfabeto. La primera letra del alfabeto es...

—¡Ah, no! ¡Un momento! —protestó Hermana Osa—. ¿Quién dijo que ibas a ser la maestra? Cuando juego a la escuela, *yo soy* la maestra...¡y, además ya sé el alfabeto!

—¡Hermana Osa, si no se sienta ahora mismo, la tendré que dejar acá después de clase! —dijo Lizzy.

—¿Ah sí? —gritó Hermana Osa—. ¡Bueno, si no me da ese puntero, tendré que dejarla a *usted* acá después de clase!

Fue entonces cuando Hermana Osa
arrebató el puntero. Pronto, estaban
rodando por el suelo forcejeando con el
puntero, que se rompió en dos.

—¡Ay, no! ¡Mira lo que has hecho! —gritó
Lizzy—. ¡Has roto mi mejor puntero!

—¡Nunca más voy a jugar contigo!
—gritó Hermana Osa mientras juntaba
sus juguetes—. ¡Me llevo mis muñecos y
me voy a mi casa!

—¡Hermana Osa está enojada, y yo
estoy encantada! —chilló Lizzy.

—¡Lizzy...Lizzy...tiene un berrinche!
—exclamó Hermana Osa.

—¿De vuelta tan temprano? —preguntó la mamá, cuando Hermana Osa regresó furiosa.

—¡Nunca más voy a jugar con esa Lizzy Bruin! —gritó Hermana Osa—. ¡Es demasiado fanfarrona y mandona! ¡No la necesito ni para jugar a la escuela ni para nada! ¡Cuando juego sola puedo hacer lo que quiero, cuando quiero, sin tener que preocuparme de esa Lizzy Bruin!

—Eso es verdad —dijo Mamá Osa con voz calma—. Pero, hay ciertas cosas que sola no las puedes hacer muy bien.

—¿Cómo ser? —preguntó Hermana Osa.

—Te resultaría difícil empujarte sola en el columpio —dijo Mamá Osa—. Y quisiera verte sola montada en el subibaja. En la mayoría de los juegos, como la rayuela y los jacks, se necesitan por lo menos dos personas para jugar. Y, la verdad es que es más agradable tener a alguien con quien reírse y divertirse.

—Tal vez —dijo Hermana Osa—, pero Lizzy es muy fanfarrona y mandona.

—Me parece —dijo Mamá Osa sentándola sobre su falda—, que Lizzy no es la única cachorra que a veces es fanfarrona y mandona …y, por supuesto, hay algo que sola lo puedes hacer mejor.

—¿Qué, mamá?

—Estar sola —dijo con voz calma Mamá Osa. Y fue en ese momento cuando alguien llamó a la puerta.

Era Lizzy que traía el osito de juguete de Hermana Osa.

—Cuando Hermana Osa se fue a su casa se olvidó el osito —dijo Lizzy—. Yo sé que es su favorito con el que duerme desde que era una bebita.

—Bueno, gracias, Lizzy —dijo Mamá Osa—. Eres muy amable.

—Muchas gracias —dijo Hermana Osa abrazando su osito.

—Y, si quieres, puedes ser la maestra —dijo Lizzy.

—¡Oh! —dijo Hermana Osa—, podemos turnarnos para ser la maestra.

—¡Magnífico! —dijo Lizzy

—¡Muy bien! —dijo
Hermana Osa, juntando
nuevamente su muñeca y
sus animales de trapo—.
¡La última en llegar pierde!

Y, riéndose y
canturreando, salió
corriendo, con Lizzy
retozando detrás de ella.